[Bibliot]hèque Syndicale et Ouvrière

N° 11

Léon ARISTID

# Tous Mutualistes

PARIS

IMPRIMERIE
Joseph TEQUI
70, Avenue du Maine

AU BUREAU
de l'Echo des Syndicats
14, rue des Petits-Carreaux

# Bibliothèque Syndicale et Ouvrière

Cette bibliothèque se compose d'une série de petites brochures destinées à être distribuées après une réunion par les soins d'un comité soit aux ouvriers, soit aux jeunes gens.

N° 1. — **Le Roi Salomon** ou la **Vente à crédit.** Combat le procédé juif de la vente par abonnement.

N° 2. — **Un soir d'hiver,** étude sociale prise sur le vif, montrant le rôle désastreux du franc-maçon dans la commune ou le canton.

N° 3. — **La Terre libre,** où l'on raconte avec humour l'échec d'une caravane d'ouvriers voulant vivre dans le collectivisme.

N° 4. — **Fumistes!** Cinq études mettant à découvert les tartuferies des meneurs socialistes.

N° 5. — **Victimes!** Divers récits par lesquels on montre le tort considérable fait aux travailleurs par certaines dispositions législatives.

N° 6. — **Le vrai Syndicat.** Piquant récit qui met en évidence les avantages et les bienfaits d'un groupement professionnel basé sur l'entente entre le capital et le travail.

N° 7. — **Grève manquée.** Intéressant épisode dans lequel le jeu de certains gréviculteurs est mis à jour et donne aux ouvriers sérieux le dégoût de ces professionnels du désordre.

N° 8. — **L'Héritage de Balédent.** Aventure fantastique dans laquelle on montre un prolétaire, devenu un heureux du siècle, s'intéressant avec intelligence au sort des malheureux et accomplissant ainsi son devoir social.

N° 9. — **Pensez à demain.** Récits pleins d'intérêts, puisés dans la vie ouvrière, exhortant les travailleurs à compter beaucoup sur eux-mêmes pour bien conduire le budget de la famille.

N° 10. — **Soutane et Blouse.** Histoire anecdotique où l'on montre par des faits comment un curé soucieux d'attirer à lui les travailleurs, a transformé une cité ouvrière dans laquelle on disait couramment que le curé était un homme inutile dont on pouvait fort bien se passer.

Condit. de vente :
**0** fr. **10** l'ex.; **8** fr. le cent; **60** fr. le mille.

---

*Les commandes doivent être adressées soit à* M. l'administrateur de **l'Echo des Syndicats,** *14, Rue des Petits-Carreaux, Paris* (II^e^); *soit à* M. Joseph Téqui, imprimeur, *70, Av. du Maine, Paris* (XIV^e^).

# Tous Mutualistes!

## I

### UN COUP MANQUÉ

Pierre Roumagnac n'était pas précisément ce qu'on est convenu d'appeler un homme débauché, mais on ne pouvait pas non plus le considérer comme un ouvrier tout à fait sérieux.

Il lui arrivait plus souvent qu'à son tour de boire un coup de trop, et c'était particulièrement les jours de paye que cet accident lui survenait, c'est-à-dire régulièrement tous les samedis.

Comme il essayait — bien inutilement, hélas ! — de le faire comprendre à sa ménagère au cours des explications orageuses qui suivaient d'ordinaire ses escapades, ce n'était pas la faute de Pierre s'il se débauchait ; son grand tort était de se laisser entraîner par les camarades.

Il était incapable de résister à l'offre d'un petit verre sur le zinc, et il ne savait pas davantage refuser d'accepter une partie de manille — oh! une seule, au galop — ou un piquet en 150 secs.

Mais une fois le petit verre absorbé, on en prenait un second, puis un troisième. A la première partie de manille ou de piquet, succédaient invariablement nombre d'autres parties.

Si bien qu'à la fin, il se trouvait être neuf heures et quelquefois plus tard encore lorsque Roumagnac se décidait à regagner son domicile, la démarche mal assurée, la tête lourde et la bourse sensiblement allégée.

En grimpant son escalier, notre homme avait coutume de chercher des excuses à sa conduite, soit pour lui-même, soit pour Mélanie, la bourgeoise. Elles variaient avec la quantité d'alcool absorbé. Plus ses jambes étaient tremblantes, plus il ronchonnait entre ses dents : « Et après tout, j'suis libre ! j'suis libre ! » — Ces soirs-là, Mélanie savait ce qu'il lui en coûtait de regarder de travers son mari. « J'suis libre ! que je t'dis ! » et alors le poing se levait ou une assiette volait contre le mur.

Ou bien Roumagnac expliquait qu'il y avait eu du travail pressé, des heures supplémentaires... « C'est bon ! c'est bon ! répondait Mélanie, je connais le refrain ; mais ça ne prend pas. » Et la discussion maintes fois devenait orageuse. Entre les reproches et les prédictions pessimistes de la femme et la colère montante de l'homme qui se sentait dans son tort mais ne se reconnaissait pas la force de modifier sa conduite, il y avait des alternatives variées.

Or, ce samedi-là, à six heures un quart tapant, Roumagnac était rentré chez lui, sa paye intacte dans sa poche; aussi, au lieu des reproches habituels, reçut-il des compliments.

« Ah ! ça, c'est bien, lui dit sa femme. Puisque nous avons le temps, nous irons faire un tour ensemble. Je vais coucher les enfants aussitôt le dîner et tu me mèneras au café-concert. »

Cette aimable perspective n'agréa qu'à moitié à notre ami Roumagnac. Il y avait, en effet, ce soir-là, une superbe manille sous roche, au café du *Lapin qui fume;* Beaupoil, Jandré, Rémy et d'autres encore avaient promis d'en être.

« De cette façon, avait dit Beaupoil, le boute-en-train de la bande, nous serons tranquilles; Roumagnac ne sera pas toujours à nous répéter : « Il faut que je m'en aille... je vais encore me faire aubader par ma bourgeoise; il est l'heure d'aller souper, et autres fariboles. » Voici comment on va procéder; chacun s'en va d'abord dîner, et puis après, à huit heures sonnant, rendez-vous au *Lapin*. Ça va-t-il? »

Tout le monde avait accepté; seul Pierre avait émis une timide objection :

« Si je rentre chez moi, avait-il dit, c'est bien sûr que ma bourgeoise ne me laissera plus sortir !

— Alors, comme ça, lui dit Beaupoil, tu n'es donc pas libre? ni le maître chez toi? c'est ta femme qui porte la culotte?

— Eh non ! protesta Pierre, en se rebiffant, pendant que les copains se tordaient de rire, mais les scènes sont toujours embêtantes surtout quand on a tort.

— Allons, ne te fais pas de bile, déclara Beaupoil, y a moyen d'arranger les choses; puisque tu ne peux pas venir tout seul, je monterai te chercher sur le coup de sept heures et demie.

— Je veux bien, mais tu sais, je te préviens que la bourgeoise n'est pas commode !

— Sois tranquille, je me charge de monter le coup à ta femme, ce n'est pas difficile ; quand je lui aurai donné mes explications, elle te laissera partir sans la moindre difficulté, je te le garantis. »

Devant une telle annonce, Roumagnac ne pouvait mieux faire que de s'incliner, pourtant, au fond de lui-même, il doutait encore du succès.

*
* *

Et ses appréhensions redoublèrent, lorsque vers les sept heures et demie, comme il était convenu, Beaupoil vint frapper à sa porte.

Les deux époux étaient prêts à sortir, le souper avait été vivement expédié, et les deux moutards, prestement couchés, étaient déjà endormis.

Au coup de sonnette de Beaupoil, Mélanie était allée ouvrir.

« Que désirez-vous? demanda-t-elle à l'arrivant.

— Est-ce que Roumagnac est là ? interrogea l'ouvrier, répondant ainsi à la question qu'on lui posait par une autre question.

— Oui, il y est, mais pas pour longtemps, car nous allons sortir.

— Oh ! ce ne sera pas long, je n'ai que deux mots à lui dire.

— Alors, entrez ! »

Roumagnac s'avança au-devant de Beaupoil, qui crut devoir lui serrer la main avec effusion, comme s'il ne l'avait pas vu depuis plusieurs années.

« Bonjour, vieux! qu'est-ce qui t'amène par ici ?

— Voilà l'affaire, expliqua Beaupoil; depuis longtemps déjà, nous avons, avec plusieurs camarades, l'idée de fonder une Société de secours mutuels dans notre quartier; notre première réunion a lieu ce soir. Nous avons comme orateur, un avocat qui doit exposer les avantages de la Société; ce sera très intéressant, mais puisque vous avez à sortir, je n'insiste pas...

— Nous avons à sortir, reprit Pierre, ce n'est pas le mot, c'est-à-dire que ma femme avait proposé d'aller au concert, mais puisqu'il se présente autre chose de plus sérieux...

— Ça, c'est une affaire qui me paraît louche, déclara Mélanie, je ne serais pas fâchée de savoir au juste de quoi il s'agit.

— Mais j'ai là de quoi vous convaincre, dit en riant Beaupoil, tenez, voilà justement la convocation que j'apportais à votre mari. »

Et il tendit à la ménagère un papier plié en quatre.

« En effet, c'est bien pour ce soir, fit Mélanie après avoir pris connaissance de l'imprimé; vous auriez pu au moins faire parvenir vos convocations un peu plus tôt.

— Alors qu'est-ce qu'on fait, demanda Roumagnac en regardant sa femme?

— *Nous* allons à la conférence, répondit-elle, c'est plus utile que le concert, et ça coûte moins cher. »

Cette réponse n'était pas du goût de Beaupoil qui, lui, n'avait nulle envie d'assister à la réunion. Il s'était servi de la convocation qu'il avait reçue chez lui deux ou trois jours auparavant comme d'un prétexte plausible, pour pénétrer chez son camarade et justifier sa sortie, mais si la bourgeoise prétendait être de la partie, ah non, alors ! ça ne marchait plus.

Aussi, voyant que les choses menaçaient de se gâter, il se hâta d'intervenir :

« Pardon, mais je crois bien que pour ce soir, les dames ne peuvent pas assister à la réunion, hasarda-t-il.

— Par exemple ! s'exclama Mélanie. Vous n'avez donc pas mis vos lunettes, mon brave homme, regardez un peu ce qui est écrit au bas de la feuille. »

Beaupoil regarda et lut ce qui suit :

« *Les dames peuvent faire partie de la Société et sont instamment priées d'assister à cette première réunion.* »

Ça, c'était le bouquet. Beaupoil était cloué ; il venait d'être pris à son propre piège, et ne parvint pas à trouver un échappatoire. Il dut accompagner les époux Roumagnac à la réunion mutualiste, pendant que là-bas, au *Lapin qui fume*, les copains se morfondaient, croyant à une mauvaise plaisanterie.

## II

### LA RÉUNION

Lorsque le ménage Roumagnac, accompagné de Beaupoil, pénétra dans la salle où se donnait la réunion, l'orateur gravissait les marches de la tribune. C'était un homme d'une cinquantaine d'années, très chauve, et portant des lunettes; avant de commencer sa conférence, il jeta un coup d'œil circulaire sur l'auditoire qui l'entourait, et parut satisfait de ce rapide examen.

Il y avait là environ trois cents personnes, appartenant pour la plupart à la classe ouvrière ; un certain nombre de ménagères avaient accompagné leurs maris.

Au milieu de l'attention générale, le conférencier prit la parole ; il commença par constater l'imprévoyance regrettable qui porte un si grand préjudice aux classes laborieuses, dans lesquelles, déclara-t-il, on trouve malheureusement plus de cigales que de fourmis.

Il parla ensuite de l'alcoolisme, énuméra les ravages causés par ce vice chez les ouvriers, et affirma, que sans parler des maladies, des infirmités et autres inconvénients qui résultent habituellement de l'usage des boissons alcooliques, il était prouvé qu'avec ce qu'un ouvrier dépense chez le marchand de vin, il pourrait :

1° Se garantir contre tous les risques de chômage et de maladie ;

2° Procurer à ses enfants un capital dépassant généralement 5.000 francs à leur majorité ;

3° S'assurer une retraite d'au moins 1 fr. 50 par jour à l'âge de 60 ans.

Pour obtenir ce résultat, déclara-t-il, il suffit de verser dans la caisse d'une bonne mutualité, l'argent que l'on jette presque toujours si mal à propos sur le comptoir du marchand de vin.

« Entends-tu ça ? ivrogne ! » chuchota Mme Roumagnac à l'oreille de son époux, qui se contenta de hausser les épaules.

Beaupoil, lui, tout en ayant l'air d'écouter attentivement l'orateur songeait en réalité aux copains qui devaient l'attendre avec impatience au *Lapin qui fume*, et se disait qu'il risquait fort d'être accueilli le lendemain matin par autre chose que des compliments.

La peu agréable perspective des reproches qu'il appréhendait, sans l'émouvoir outre mesure, l'amena à penser à autre chose, et sans s'en rendre bien compte lui-même, il se prit à s'intéresser aux paroles de l'avocat, qui commençait à expliquer le fonctionnement d'une Société de secours mutuels. A mesure qu'il s'étendait sur les multiples avantages offerts aux mutualistes, Beaupoil trouvait que la question devenait intéressante.

Il se souvenait que, peu de temps auparavant, il était cloué sur son lit par une fluxion de poitrine dont il avait bien manqué ne pas revenir ; il était resté six semaines sans pouvoir travailler, il avait par conséquent perdu près de 300 francs de salaire, sans compter environ 150 francs de médecin et de médicaments.

« Si j'avais à ce moment fait partie d'une mutualité, se disait Beaupoil, les médicaments et le médecin ne m'auraient rien coûté, et puis j'aurais touché à peu près une centaine de francs d'indemnité. »

Le conférencier en arrivait à parler maintenant des indemnités servies en cas de décès et des secours de funérailles.

« Ça, pensa Beaupoil, je tâcherai de m'en passer le plus longtemps possible, et ce sont des choses dont il n'est guère agréable de parler.

Pourtant, si le malheur avait voulu que ma fluxion de poitrine me fit passer l'arme à gauche, ma femme se serait trouvée bien embarrassée.

D'abord, il lui eût été impossible de rembourser l'argent que le patron a bien voulu m'avancer pendant ma maladie, en plus de ça je me demande comment elle s'y serait prise pour me faire enterrer; il faut donc avouer que les funérailles payées par la Société, et l'indemnité de cinquante francs donnée à la veuve ne sont pas à dédaigner. »

Il y avait pourtant encore une chose qui taquinait l'ouvrier :

Verser tous les mois une petite somme à la Société, c'était très bien; mais qui pouvait garantir que les hommes chargés d'administrer les cotisations de tous les adhérents remplissaient honnêtement leurs fonctions. Si au bout d'un certain temps, il allait se produire des « fuites » dans la caisse, si après avoir encaissé les cotisations régulièrement pendant plusieurs années, la Société allait se trouver dans l'impossibilité de faire face à ses engagements au moment même où l'on aurait besoin de ses secours ?

L'objection était sérieuse, mais le conférencier ne tarda pas à la réfuter victorieusement, en expliquant que la Société était *approuvée* c'est-à-dire que les statuts avaient été jugés bien rédigés ; que les ressources prévues garantissaient les dépenses mentionnées. En outre l'envoi des statistiques et des relevés annuels au ministère de l'Intérieur et même la possibilité d'un contrôle administratif assuraient aux associés toute tranquillité sur la bonne gestion de la Société.

D'ailleurs, ajoutait-il, il existe 3153 sociétés *libres*, c'est-à-dire des Sociétés qui ne sont pas entourées de toutes ces formalités administratives, elles groupent 365.607 membres participants et possèdent une réserve de 48.517.000 francs. Ces Sociétés ont toujours fonctionné régulièrement, tellement les administrateurs ont été choisis parmi les plus dignes des sociétaires et tellement ces derniers ont l'habitude de contrôler avec soin les comptes qui leur sont fournis. Une Société *approuvée* doit donc offrir encore plus de garanties, si cela est possible.

Par conséquent, les sociétaires pouvaient être parfaitement tranquilles, leurs cotisations ne couraient pas le moindre danger.

A la fin de la réunion, l'orateur demanda à ceux que son discours avaient convaincus de bien vouloir accepter de former une nouvelle section de la Société.

Il leur promit le concours moral et matériel de l'Union Mutualiste des Femmes de France, cette grande et généreuse initiative dont le but est de propager les principes et les applications de la Mutualité. Au siège de l'Union, 1, boulevard de Latour-Maubourg, à Paris, ils trouveraient tous les conseils nécessaires près d'un Comité technique composé d'hommes compétents, ils trouveraient aussi des subsides suffisants pour faire face aux premières dépenses. En passant le conférencier développa l'idée du devoir social qui pénètre de plus en plus profondément parmi les favorisés de la fortune, et dont l'Union Mutualiste des Femmes de France donne un si bel exemple, en s'efforçant d'amener sur le terrain de la Mutualité un rapprochement entre les travailleurs et les plus fortunés.

D'ailleurs, l'intérêt même de la future Société était de recourir à cette bienveillante intervention, car il lui serait très facile ainsi d'adhérer, au moment de sa constitution, à l'Union Centrale Mutualiste, le complément nécessaire de l'Union Mutualiste des Femmes de France. La Société se trouverait ainsi faire partie d'un vaste groupement de Mutualités ayant pour but d'accorder, moyennant une cotisation proportionnelle au nombre des membres participants de chaque société unie, dès allocations pour les cas d'invalidité, de veuvage, et lors de la naissance d'un enfant dans une des familles mutualistes, etc...

Très encouragé par ces déclarations Beaupoil fut l'un des premiers à se présenter, et Roumagnac l'imita.

Près de la moitié des auditeurs répondirent à l'appel qui leur était adressé : on convint d'organiser pour le samedi suivant une autre réunion au cours de laquelle la section serait définitivement formée.

En rentrant chez eux, Roumagnac et Beaupoil échangèrent leurs impressions sur ce qu'ils avaient entendu :

« Ça ne fait rien, disait Roumagnac, je sais bien que les Sociétés de secours mutuels rendent beaucoup de services, mais je crois tout de même que dans tout ce qu'on nous a raconté ce soir, il y a beaucoup d'exagération.

— Comment ça? demanda Beaupoil.

— Dame ! par exemple, quand il nous a dit que la mortalité était beaucoup moindre parmi les mutualistes que dans l'ensemble de la population, ça ne me parait pas avoir le sens commun; pourquoi serait-on moins assujetti à mourir parce qu'on fait partie d'une Société de secours mutuels?

— Ça pourrait bien être vrai tout de même, déclara Beaupoil ; il y a sans doute des raisons que ni toi ni moi ne pouvons nous expliquer; d'ailleurs puisque nous avons l'un et l'autre donné notre adhésion, nous saurons bientôt à quoi nous en tenir. »

Ayant émis cette sage et peu compromettante opinion, l'ouvrier tendit la main à son camarade et lui souhaita bonne nuit; car il était arrivé en face de sa porte ; Roumagnac et sa femme se hâtèrent de regagner eux aussi leur domicile.

Les deux ouvriers s'endormirent l'un et l'autre en songeant à ce qu'ils venaient d'apprendre ; ils avaient complètement oublié la fameuse manille et leurs camarades qui avaient dû se morfondre au *Lapin qui fume*.

## III

### UN DÉBUT

Le lundi suivant, Beaupoil et Roumagnac furent tancés d'importance par leurs camarades ; d'un commun accord on les mit à l'amende d'une tournée qu'ils payèrent sans trop se faire prier ; après quoi, ils durent donner le motif de leur absence.

Beaupoil se chargea de l'explication ; il parla de la réunion, mais se garda bien de faire connaître à la suite de quelles circonstances il avait été amené à y assister.

« Alors, comme ça, dit Rémy, tu vas faire partie de la Société ! A ton aise, mon garçon, chacun place son argent comme il l'entend, moi j'aime mieux le porter chez le bistrot ; de cette façon, je sais bien que je ne le reverrai plus, mais au moins j'en profite ; et je trouve que ça vaut mieux que de le verser à une Société quelconque dans le but d'avoir des rentes quand je serai mort ! »

Cette boutade amusa beaucoup les camarades, qui se mirent à rire de bon cœur aux dépens de Beaupoil.

Mais celui-ci ne fut nullement déconcerté et répondit tranquillement :

« Des rentes quand je serai mort, je n'en ai pas plus besoin que toi, et si on ne m'avait pas assuré autre chose, je n'aurais pas été assez « poire » pour donner mon adhésion; mais je viens d'être malade pendant plus d'un mois et si j'avais pu avoir pour rien le médecin et les médicaments avec en plus une indemnité de quarante sous par jour, ça m'aurait fait rudement plaisir.

Comme personne ne peut dire qu'il est à l'abri d'une maladie ou d'un accident quelconque, je trouve qu'on peut bien dépenser quarante sous par mois dans un but aussi utile.

— Mais si tu n'es pas malade, riposta Rémy, ton argent est perdu?

— Pas du tout, il servira pour d'autres! d'ailleurs je ne tiens pas du tout à être malade, mais seulement à ne pas me trouver pris au dépourvu, si le malheur veut que je le devienne.

Et puis ce n'est pas seulement à moi que je pense en agissant ainsi, mais aussi à ma femme et à mes enfants. Car si je souffre, moi, lorsque je suis malade, eux n'ont plus de quoi vivre, les économies passent en soins. Avec la Société j'ai les soins gratuits et une indemnité de chômage, de sorte que ma famille ne se trouverait pas gênée si un tel malheur m'arrivait. »

*
* *

A la fin de la semaine eut lieu la réunion d'où devait sortir la nouvelle section. Quelques-uns des adhérents de la semaine précédente manquaient bien à l'appel, mais d'autres avaient amené des camarades, de sorte qu'après la lecture des statuts, qui furent approuvés sans discussion, environ cent cinquante personnes donnèrent leur adhésion.

Les femmes et les enfants pouvaient faire partie de la Société afin que toute la famille pût bénéficier de ses avantages.

On dut procéder alors à la formation du bureau. Un ancien commerçant, honorablement connu dans le quartier, fut élu président; très flatté de l'honneur qui lui était fait, il annonça qu'il mettait à la disposition de la section un local suffisamment vaste où l'on pourrait se réunir, et même tenir des assemblées générales.

Cette offre fut acceptée par tous avec reconnaissance. Vint ensuite l'élection du secrétaire; sur la proposition de Beaupoil, ce fut Roumagnac qui fut investi de ces délicates fonctions, puis un rentier philanthrope qui se trouvait là accepta sans trop se faire prier les fonctions de trésorier et inaugura son emploi en versant dans la caisse un billet de cent francs.

Ce soir-là, il n'y eut ni coups ni disputes dans les ménages; chacun se rendait compte qu'un acte utile à tous venait d'être accompli. L'économie et la prévoyance allaient ramener l'ordre et l'entente dans les familles.

Au bout de trois mois, la caisse était suffisamment garnie, les cotisations ayant été payées régulièrement, et de nouveaux adhérents étant venus s'ajouter aux premiers.

On allait donc pouvoir commencer de distribuer des secours aux sociétaires.

Les membres du bureau avaient dû se préoccuper de choisir des médecins et des pharmaciens.

Ils avaient trouvé deux jeunes médecins qui avaient accepté de soigner les malades appartenant à la Société moyennant le prix réduit de 1 fr. par consultation et 2 fr. par visite.

Quant aux pharmaciens, ils consentirent un rabais de 40 0/0 sur leur tarif habituel.

Beaupoil était très surpris de ce résultat.

« Quand ma femme, mes enfants ou moi, étions malades, déclara-t-il, le pharmacen ne nous faisait pas la moindre réduction ; nous devions payer nos médicaments au comptant et sans escompte ; pour ce qui est du médecin, c'était absolument la même chose ; à chacune de ses visites, je lui donnais trois francs.

— Ceci vous démontre un des grands avantages de notre Société, répondit le président ; non seulement le sociétaire n'a rien à débourser pour se rétablir en dehors de ses cotisations, mais encore, il a la grande satisfaction de se dire que sur les dépenses effectuées, une grande économie est réalisée.

Ainsi, supposons une maladie nécessitant douze visites de médecin, et ensuite six consultations, ajoutez à cela 80 fr. de médicaments. La dépense se montera donc, pour un malade n'appartenant à aucune Société à 36+12+80, c'est-à-dire 128 fr.

Tandis que pour le même nombre de visites et de consultations, ainsi que pour les mêmes médicaments, la Société paiera seulement pour un de ses membres malades 24+6+48, c'est-à-dire 78 fr., soit tout au juste 50 fr. de moins.

Vous voyez quelle économie cela fait sur une seule maladie ; ce sont ces économies accumulées qui permettent de donner, en plus des soins médicaux et des remèdes, une indemnité journalière en argent.

— Mais, objecta un des sociétaires, je suis habitué à un médecin qui,depuis plus de vingt ans, me connaît et me soigne ainsi que tous les membres de ma famille, cela m'ennuierait beaucoup de le changer pour m'adresser à un autre que je ne connais pas?

— Dans ce cas-là, dit le président, vous pouvez très bien conserver votre médecin ; nos statuts ont prévu ce cas ; mais vous le paierez vous-même, et la Société vous remboursera le montant des visites et des consultations, suivant le tarif qu'elle paie à ses médecins, la différence seule restera à votre charge.

Si votre médecin exige 3 fr. par visite et 2 fr. par consultation, la Société vous remboursera 2 fr. et 1 fr.; vous aurez donc à payer pour avoir un médecin de votre choix 1 fr. seulement par visite ou par consultation.

D'autres Sociétés ont adopté un système différent : elles ne s'occupent pas des soins médicaux et des médicaments, mais donnent une indemnité quotidienne de maladie plus forte. Les sociétaires paient avec leur indemnité les médecins et pharmaciens à leur choix. Nous avons préféré la combinaison précédente parce que nous savions que les médecins d'ici nous feraient de grandes concessions. »

Le sociétaire se déclara entièrement satisfait de ces explications et ce fut lui qui, avec notre ami Beaupoil, fut chargé pour le premier mois de visiter chez eux les sociétaires malades. Quelques dames sociétaires furent également indiquées comme visiteuses, dans le cas où les femmes ou les filles des chefs de famille adhérents viendraient à tomber malades.

## IV

### UN DÉMENTI A ROUMAGNAC

A la suite d'un furieux ouragan qui s'était abattu sur la ville, la maison où travaillaient Roumagnac et Rémy eut à exécuter de nombreux travaux consistant à réparer les toitures que le vent avait détériorées.

Les deux camarades étaient en effet ouvriers plombiers-couvreurs.

Un après-midi, Roumagnac et Rémy se trouvaient perchés sur le toit d'un immeuble et exécutaient des réparations urgentes.

Il faisait une chaleur épouvantable et les deux ouvriers étaient littéralement en sueur lorsque leur travail terminé, ils se présentèrent vers cinq heures du soir au gérant de la maison pour lui annoncer que le dommage était réparé.

Le gérant leur offrit de se rafraîchir, et comme bien on pense cette proposition fut accueillie avec enthousiasme.

Roumagnac et son compagnon pénétrèrent dans une cuisine où régnait une température très fraîche, ce qui, sur le moment, leur causa un réel plaisir.

Après avoir vidé une bouteille qu'une domestique était allée tout exprès quérir à la cave, les deux ouvriers ramassèrent leurs boites d'outils et se mirent en devoir d'aller reprendre l'omnibus qui devait les ramener à l'atelier.

Lorsqu'ils furent installés sur l'impériale, Rémy constata que la température avait brusquement changé; de gros nuages obscurcissaient le ciel et un vent très frais venait de s'élever.

« Diable ! fit l'ouvrier, il commence à faire moins chaud que sur le toit où nous étions tout à l'heure, je sens ma chemise qui me colle dans le dos, c'est comme ça qu'on attrappe parfois une bonne pleurésie ou quelque chose d'approchant.

— C'est ce que j'étais justement en train de penser, répondit Roumagnac, je ne me sens pas non plus à mon aise, et je crois que nous avons eu tort de rester si longtemps dans cette cuisine où il faisait si frais. »

* *
*

Lorsque Roumagnac fut rentré chez lui, il refusa de souper et se mit au lit immédiatement.

Sa femme lui fit avaler une bonne tasse de lait chaud additionnée d'une forte goutte de rhum.

« Bois ça, lui dit-elle, et demain matin, tu n'y penseras plus. »

Le lendemain matin, cette prédiction optimiste ne s'était nullement réalisée ; au contraire.

Roumagnac se réveilla avec un fort mal de tête, et un point de côté inquiétant.

« Ça ne va pas du tout, dit-il à sa femme ; il

est possible que ce ne soit pas grave, mais comme on ne peut pas savoir, je vais me faire une feuille de maladie (On se rappelle que Roumagnac était sécrétaire de la Société) que tu vas aller porter au médecin ; en même temps, tu passeras à l'atelier dire que je suis souffrant et qu'on ne compte pas sur moi aujourd'hui. »

Vers deux heures de l'après-midi, le médecin arriva et examina rapidement l'ouvrier :

« A la bonne heure, dit-il, voilà un malade comme on n'en voit malheureusement pas assez souvent. Vous pouvez vous féliciter de m'avoir fait venir à temps.

Je vais vous faire une ordonnance que vous enverrez chercher tout de suite ; vous prendrez toutes les heures une cuillerée de la potion que le pharmacien vous remettra, et vous vous ferez appliquer dans le dos un bon vésicatoire.

Si vous exécutez bien ces prescriptions, dans quatre jours vous serez sur pied, et vous pourrez vous vanter d'avoir écarté une jolie fluxion de poitrine. »

*
* *

Le lendemain soir, une fois la journée finie, Rémy vint, accompagné de Beaupoil rendre visite à son camarade.

« Eh bien, lui dit-il, c'est comme ça qu'on lâche l'atelier quand il y a de l'ouvrage à pleins bras ? Tu sais que le patron ne croit pas du tout que tu sois malade ; il se figure que tu souffres seulement d'un accès de flemme.

— Que le patron se figure ce qu'il voudra, répondit Roumagnac, ça m'est bien égal, j'ai vu le médecin hier, il m'a dit que j'avais eu raison de l'appeler à temps et de me soigner, et je crois qu'il n'avait pas tout à fait tort.

— Bah ! les médecins disent tous la même chose, c'est leur intérêt ; et si on voulait les croire...

— Moi, je ne demande pas mieux que de les croire, riposta Roumagnac, d'autant plus que ça ne me coûte pas cher.

— Ah oui ! je sais, ta fameuse Société, où pour quarante sous par mois, on vous donne des médecins, des médicaments et tout le tremblement... Voilà quatre mois qu'elle existe, ça fait donc huit francs que tu as dépensé, et je comprends que tu tiennes à rentrer dans ton argent. Mais moi, je n'ai pas les mêmes raisons pour faire le paresseux... »

A ce moment, l'ouvrier fut interrompu par une terrible quinte de toux.

« Tu vois, dit-il au bout d'un instant à son camarade, j'ai attrapé, moi aussi, un fichu rhume, là-bas, l'autre jour, dans cette cuisine où nous avons bu une si bonne bouteille ; mais comme je n'ai pas de médecin gratuit à ma disposition, il faudra bien qu'il s'en aille comme il est venu.

— Prends garde au moins qu'il ne t'emmène pas avec lui, dit en riant Beaupoil !

— Oh ! il n'y a pas de danger, j'en ai vu bien d'autres ! »

Sur ces mots, les deux ouvriers quittèrent leur camarade en lui souhaitant une prompte guérison.

*
* *

Quelques jours après, Roumagnac était complètement rétabli, ainsi que le lui avait promis le médecin, et il put reprendre le chemin de l'atelier.

En y arrivant, il s'aperçut de suite que Rémy manquait.

« Tiens, dit-il, je ne vois pas mon compagnon ce matin?

— Je ne crois pas qu'il vienne aujourd'hui, dit un ouvrier, il a un rhume qui pourrait bien lui jouer un mauvais tour, hier pendant toute la journée, il s'est plaint, disant qu'il avait comme un feu qui lui brûlait la poitrine, il a eu toutes les peines du monde à terminer la journée; je crois qu'il a eu tort de ne pas se soigner plus tôt. »

Le soir, plusieurs ouvriers passèrent chez Rémy pour prendre de ses nouvelles, et ils apprirent que leur camarade venait d'être emporté à l'hôpital dans un état très grave ; le surlendemain il était mort.

Tout le personnel de la maison, le patron en tête, l'accompagna à sa dernière demeure.

Après la funèbre cérémonie, les ouvriers se réunirent, selon l'usage, chez un marchand de vin situé devant la porte du cimetière et dont l'enseigne porte ces mots caractéristiques :

ON EST MIEUX ICI QU'EN FACE

« C'est égal, dit Roumagnac, ce qu'on est vivement mort, tout de même, dire qu'il y a juste aujourd'hui huit jours, à la même heure, Rémy et moi, nous étions tranquillement en train de vider une bouteille, après avoir fini notre travail; et qu'à présent on est en train de combler le trou d'où il ne sortira jamais.

— Tu ne sais pas, Roumagnac, à quoi je pense? dit tout à coup Beaupoil ?

— Non, pas du tout.

— Eh bien, c'est à la conversation que nous avons eue ensemble en revenant de la première réunion, tu sais, quand j' ai été si bien roulé par ta femme.

Tu me disais, en parlant du conférencier : « Il y a du vrai dans ce qu'il nous dit, mais quand il prétend que la mortalité est beaucoup moindre parmi les mutualistes que dans l'ensemble de la population, je crois qu'il se paye notre tête. » Ne commences-tu pas à comprendre qu'il avait raison?

— Comment cela?

— Mais cela saute aux yeux en considérant ce qui s'est produit avec Rémy et avec toi ; si tu avais dû payer trois francs de médecin, les médicaments, et en plus de cela, perdu trois ou quatre journées de travail, est-ce que tu aurais été immédiatement chercher le médecin?

— Il est bien probable que non!

— D'un autre côté, il est certain que Rémy, quoi qu'il ait pu en dire, n'aurait pas manqué de se soigner plus tôt, s'il avait pu le faire sans dépenser un sou.

— Evidemment, cela va de soi!

— Alors, tu vois bien que le conférencier avait raison, puisque si tu n'avais pas été à même de profiter des avantages de la Société, il est probable que nous aurions eu la douleur de t'enterrer aujourd'hui avec notre pauvre Rémy.

— Mais c'est ma foi vrai, s'écria Roumagnac, je n'y avais pas pensé! A quoi tiennent les choses tout de même ; dire que si ma femme n'avait pas tenu à nous accompagner à cette réunion, je ne serais probablement plus du monde aujourd'hui!

# V

## COMPARAISON

Cependant, la nouvelle section de la Mutualité *La Sécurité des Travailleurs* prospérait de plus en plus.

Elle avait adhéré à l'Union centrale Mutualiste, 1, boulevard de Latour-Maubourg, à Paris, et n'avait pas à s'en plaindre. La cotisation sociale n'avait été que de douze francs et déjà trois allocations de dix francs avaient été accordées pour des naissances. Les mères de famille étaient particulièrement heureuses de cette affiliation et faisaient une grande propagande pour amener de nouvelles adhésions à la Société, accomplissant ainsi volontairement l'un des désirs les plus vifs de l'Union Centrale Mutualiste : celui de gagner des adeptes de plus en plus nombreux aux Sociétés de secours mutuels.

Beaupoil et Roumagnac, en particulier, se livraient aussi à une propagande acharnée, et l'emploi de secrétaire que le second avait accepté, n'était pas précisément une sinécure.

L'ouvrier apportait à sa tâche une attention et une ardeur dignes d'éloges; ses livres étaient tenus d'une façon exemplaire, et l'assemblée générale des associés, après avoir approuvé les comptes, lui avait voté des félicitations.

De son côté, la femme de l'ouvrier voyait avec joie son mari employer ses moments de loisir ailleurs que chez le marchand de vin. Plus de disputes, de querelles et de coups, et la ménagère était la première à vanter la mutualité.

Dans l'atelier où travaillait Roumagnac, tous les ouvriers s'étaient empressés d'adhérer à la Société après la mort de Rémy.

A la fin de la première année, tous les frais payés, il restait en caisse une somme importante.

Ce résultat engagea les ouvriers à tenter une nouvelle expérience.

Roumagnac fut chargé d'établir les statuts d'une Société de retraites.

Après avoir étudié la question bien attentivement, l'ouvrier déclara à ses camarades qu'il croyait préférable de s'affilier à une Société déjà existante, et qui avait fait ses preuves, la *Glaneuse;* cet avis fut trouvé sage et adopté par la majorité des intéressés : au bout de quelques semaines, tout était arrangé, et les travailleurs du quartier pouvaient, au moyen de versements minimes — à partir de vingt sous par mois, — s'assurer un morceau de pain pour leurs vieux jours.

Un peu plus tard était créée une Société en participation pour l'achat de terrains et la construction d'habitations ouvrières.

On nous objectera peut-être que c'était aller trop vite, et qu'à entreprendre tant de choses on risquait fort de tout compromettre !

A cela, nous nous contenterons de répondre que nous racontons simplement des faits très réels, et que, grâce au zèle intelligent de nos braves ouvriers, leurs diverses Sociétés sont toutes en très bonne voie.

Il est cependant quelqu'un qui contemple d'un œil plutôt chagrin ce magnifique développement d'œuvres mutualistes, c'est le père Pélat, le patron du *Lapin qui fume.*

Depuis longtemps déjà, sa clientèle a diminué dans d'effrayantes proportions. Les plus fidèles habitués, les intrépides manilleurs du samedi, l'ont à peu près abandonné, et ne font plus dans son établissement que de lointaines apparitions.

L'autre jour, voyant passer Roumagnac devant sa porte, le débitant l'appela.

« Eh bien, camarade, on devient fier, on ne dit même plus bonjour aux amis.

— Excusez-moi, répondit l'ouvrier, mais je suis pressé ; j'ai une réunion ce soir.

— Bah ! vous accepterez bien un verre sur le pouce, c'est ma tournée !

— Alors, j'accepte, à charge de revanche.

— Vrai, c'est égal, dit le débitant, une fois que les verres furent remplis, vous avez tout de même eu une fichue idée d'organiser toutes ces Sociétés, qui ne vous laissent pas un instant de liberté, sans compter que ça doit vous coûter chaud ?

— Mais oui, encore assez, répondit en souriant Roumagnac ; ainsi tenez, voici ce que je paie chaque mois :

Pour la Société de secours mutuels quarante sous par mois ; vingt sous pour ma femme et dix sous pour chacun de mes gosses, ça fait 4 francs. Pour la Société de retraite, nous avons, ma femme et moi, trois parts à vingt sous par mois, 3 francs.

Pour la Société d'achat de terrains, 2 fr. 50 par mois, et en plus de tout cela, trente sous pour ma cotisation syndicale, y compris la caisse de chômage.

— Ca fait tout au juste 11 francs par mois, déclara le père Pélat qui avait fait l'addition sur son ardoise ; eh bien, vous avouerez avec moi que ce n'est pas raisonnable de la part d'un ouvrier qui n'a pour vivre que son salaire et qui doit payer son loyer, de grever son budget d'une charge aussi lourde, car enfin, 11 francs par mois, ça fait une somme, c'est juste sept sous par jour ! »

Roumagnac ne répondit pas tout de suite, il avait repris l'ardoise, et à son tour griffonnait quelques chiffres.

Au bout d'un instant, il s'approcha du cabaretier et lui tendant l'ardoise :

« Regardez donc un peu ceci », dit-il.

Le père Pélat lut tout haut ce qui suit :

« Le matin, deux petits verres, quatre sous.

A midi une absinthe, quatre sous.

Le soir, une autre absinthe, quatre sous ;

Total : douze sous.

Mais je ne comprends pas, déclara le père Pélat, je ne vois pas le rapport que ceci peut avoir avec notre conversation.

— C'est pourtant très simple, répliqua l'ouvrier ; c'est le compte de ce que je dépensais chaque jour chez vous, avant de faire partie de toutes mes Sociétés, comme vous dites. Et encore, je laisse de côté les manilles du samedi, qui me coûtaient parfois très cher. Douze sous par jour multipliés par trente, cela fait 18 francs par mois ; au lieu de la lourde charge dont vous parliez tout à l'heure, j'ai donc au contraire 7 francs par mois de bénéfice, et puis, en plus de cela, non seulement je ne m'empoisonne pas — soit dit sans mépriser votre marchandise — mais j'y gagne les avantages suivants :

1° Soins du médecin et médicaments gratuits en cas de maladie ;

2° Plus une indemnité de quarante sous par jour ;

3° Une indemnité de chômage ;

4° La certitude de pouvoir compter dans vingt ans sur une petite rente ;

5° L'agrément de me trouver propriétaire, au moment où je serai forcé de quitter l'atelier d'une petite maison et d'un jardin, ce qui me permettra de ne plus payer de loyer ;

6° De procurer à ma femme et à mes enfants une partie des bénéfices dont je jouis moi-même et, avec cela, la satisfaction de leur avoir fait prendre dès leur plus jeune âge des habitudes d'épargne et de prévoyance.

Et par-dessus tout cela, la grande joie de pouvoir me dire que je n'ai rien à redouter des conséquences des maladies, des chômages, ni des multiples aléas de la vie et que j'écarte la plupart des causes qui amènent habituellement la discorde et la misère dans le ménage de l'ouvrier.

Voyez-vous, père Pélat, le jour où tous les ouvriers français se décideront à agir comme moi, il y aura peut-être pas mal de bistrots qui seront forcés de fermer leurs boutiques, mais en même temps, il y aura joliment de misères, qui disparaîtront.

Et maintenant excusez-moi, mais il faut que je me sauve, je vais être en retard ! »

*
* *

C'était le dernier verre que Roumagnac devait boire chez le père Pélat ; quelques jours après celui où avait lieu l'entretien que nous venons de rapporter, un beau matin les volets du cabaret restèrent clos et le lendemain, un papier timbré annonçait une vente par autorité de justice :

Le *Lapin qui fume* avait fait faillite, la Mutualité l'avait tué !

Léon Aristide.

---

---

Imprimerie Joseph Téqui, 70, Avenue du Maine, Paris.

www.ingramcontent.com/pod-product-compliance
Ingram Content Group UK Ltd.
Pitfield, Milton Keynes, MK11 3LW, UK
UKHW020945220726
13924UKWH00002B/502

9 782019 714130